AF404132

CANTIQUES

MAÇONNIQUES

LE MANS

IMPRIMERIE BEAUVAIS ET VALLIENNE

AN DE LA V∴ L∴ 5865,

CANTIQUES

MAÇONNIQUES.

LA CÈNE MYSTIQUE.

—

Air : *Dis-moi soldat, dis-moi, t'en souviens-tu ?*

De ce banquet, que chacun an ramène
J'aime à fêter la douceur avec vous ;
J'aime à revoir cette gaîté sereine,
Qui dans ce jour circule entre nous tous.
Ici jamais d'étiquette ennuyeuse.
L'ennui demeure à la porte arrêté :
L'amitié seule entre franche et joyeuse
Rompre le pain de la Fraternité.

De ce bonheur que nous goûtons ensemble,
Si pur, si plein, qui bannit tout souci,
Et dont l'espoir sans cesse nous rassemble,
Mes bons amis la cause la voici :

C'est qu'en ce lieu, le nom chéri de Frère,
Dans notre bouche est une vérité,
Et que chacun vient fidèle et sincère
Rompre le pain de la Fraternité.

Mais sachons bien que cette auguste fête
N'a pas pour but les plaisirs d'un moment,
De tous vos cœurs le mien, sûr interprète,
Découvre en elle un haut enseignement.
Oui, ce banquet est tout allégorique,
Car n'est-ce pas la vraie égalité,
Celle qui boit dans une coupe unique,
Et rompt le pain de la Fraternité ?

Nous promettons autour de cette table,
D'être au malheur un refuge assuré,
De nous prêter une main secourable,
Et ce serment pour nous tous est sacré ;
Dans un festin, Judas trahit son maître,
D'un vil métal par l'appât excité.
Mais parmi nous, vit-on jamais un traître
Rompre le pain de la Fraternité.

Loin de nos cœurs bannissons l'égoïsme,
De notre temps c'est le plus grand des maux.
Au bien-commun, pleins d'un saint fanatisme
Sachons toujours diriger nos travaux.

Oui, que chacun se joigne avec constance
Au vœu que fait la douce humanité,
De voir un jour le luxe et l'indigence
Rompre le pain de la Fraternité.

Un temps meilleur s'avance... pour présage
Dans l'avenir écoutez cette voix ;
Peuples debout, c'est assez d'esclavage,
Jetez vos fers à la tête des rois !!!
Les nations renaissant souveraines,
Sur son autel fixent la Liberté,
Et, déposant entre elles toutes haines
Rompent le pain de la Fraternité.

De tous ces vœux, que cette fête inspire,
Au prompt succès, frères la coupe en main ;
Ce temps heureux vers lequel on soupire,
Que ne peut-il arriver dès demain,
Ayons l'espoir d'en saluer l'aurore,
Et célébrant notre félicité,
Dans cinquante ans, puissions tous encore
Rompre le pain de la Fraternité.

1836, 1er *avril*.   J∴ C∴.

CHANT MAÇONNIQUE

PAR LE F∴ CROUTTE,

Or∴ de la R∴ loge L'ESPÉRANCE COURONNÉE,
Or∴ de Dieppe.

Fraternité, notre belle devise,
Beaume sacré qui guérit tous les maux,
Fais qu'à ta voix l'humanité soumise,
Offre en tous lieux de souriants tableaux ;
Que désormais des hommes qui sont frères
Cessent entre eux de féroces combats ;
Des nations annule les frontières :
Les fils de Dieu sont de tous les états.

Que le monsonge et que la médisance
Blessent notre âme, attristent notre cœur ;
Soyons humains, secourons l'indigence,
Et méprisons le calomniateur.
Du vrai, du bien, sachons goûter les charmes ;
Du mal, enfin, ayons la sainte horreur.
Si, près de nous quelqu'nn verse des larmes,
A les tarir mettons notre bonheur.

Ne nourrissons aucun désir coupable,
Qu'en nous jamais ne germe le courroux.
Soyons heureux d'avoir à notre table
L'homme égaré qui lutta contre nous.
Du mal reçu n'ayons pas souvenance ;
Pour châtiment prodiguons les bienfaits.
N'obéissons qu'à notre conscience
Alors nos jours couleront sans regrets.

D'Hiram, enfin conservant la mémoire,
Mourrons plutôt que faillir à l'honneur !
Pieux Maçons, n'envions pas la gloire ;
Car la vertu seule mène au bonheur,
Que d'ici-bas l'épreuve s'accomplisse.
Appliquons-nous à la bien soutenir,
Et devant Dieu que chacun de nous puisse
Paraître enfin sans avoir à rougir.

MAÇONS A L'OUVRAGE.

Air de : *La Treille de sincérité.*

Du courage
Vite à l'ouvrage,
Maçons, prenons le tablier,
Le travail presse à l'atelier.

A l'œuvre ; *enfants de la lumière*
Le temps favorable à nos vœux,
Vient d'ouvrir enfin la carrière,
Entrons y d'un pas courageux.
Maçons qu'un noble zèle enflamme,
De nous tous, au nom du serment,
La plus sainte cause réclame
Persévérance et dévouement !
    Du courage, etc.

Ainsi qu'un torrent qui s'écoule,
Croyances, mœurs, vieux frênes rongés,
Trônes, lois, dans l'oubli tout roulée,
La raison vaine, les préjugés.

Prix désiré de la bataille,
S'avance un heureux changement
De l'humanité qui travaille :
A nous d'aider l'enfantement.
    Du courage, etc.

Voyez partout les peuples brisent
Le joug dont leur front s'est lassé ;
Forts de leurs droits, aux rois ils disent :
Partez, votre règne est p∴.
La Liberté, noble, immortelle,
Sourit à leurs efforts constants ;
Que chacun d'entre nous s'attelle
A son char que guide le temps.
    Du courege, etc.

Secourir celui qu'on opprime,
Seconder de justes projets,
Du Maçon, mission sublime,
Tu nous trouveras toujours prêts ;
Prêchants d'exemple, entrons en lice,
Portons, pleins d'un zèle éclairé,
Tous notre pierre à l'édifice
De l'univers régénéré.
    Du courage, etc.

Hâtons-nous car la mort avide
Frappe en nos rangs de nombreux coups ;

Mais pour combler la place vide,
Coude à coude resserrons-nous.
D'un homme de cœur avant l'âge
Par le sort cruel emporté,
Acceptons tous pour héritage
Ces mots : PATRIE ET LIBERTÉ !

Du courage, etc·

Maçons zélés telle est la cause
Que de défendre nous jurons ;
C'est l'Humanité qui l'impose
Au combat, à sa voix courons.
Maçons, que rien ne nous retarde,
Sacrifions veilles et sang.
A nous appartient l'avant-garde,
Restons fermes au premier rang.

Du courage
Vite à l'ouvrage,
Maçons prenons le tablier
Le travail presse à l'atelier.

1834, 26 *décembre.*   J∴ C∴

LA CHAINE D'UNION.

—

Air : *De la petite gouvernante.*
ou : *Dis-moi, soldat, t'en souviens tu ?*

Heureux le jour qui nous voit dans ce temple,
Au doux banquet de la Fraternité
Qu'avec plaisir, en ces lieux on contemple,
Régner en paix la sainte Égalité !
Que sur nos fronts toujours la gaieté brille,
Chassons au loin toute division ;
Nombreux enfants de la grande famille,
    Formons la chaîne d'union. (*Bis*).

Oui, qu'entre nous une amitié durable
Serre les nœuds par le temps révérés ;
Tendons-nous tous une main secourable,
A nous aider soyons toujours préparés,
Comme les flots, le sort a ses tempêtes ;
Pour conjurer leur funeste action,
Aux jours d'orages, ainsi que dans nos fêtes,
    Formons la chaîne d'union. (*Bis*).

La force est là... seul, l'homme roseau frêle,
Au moindre choc tombe ou ploye agité ;
Mais qu'en commun il mette soins et zèle,
Sûr du triomphe, il lutte avec fierté.
S'associer, mot d'un magique empire,
De tout bonheur est la condition,
Oh ! dans ce but, où notre cœur aspire,
    Formons la chaîne d'union. *(Bis)*.

Unissons-nous, si jamais la Patrie
Par l'étranger voit profaner ses champs,
Unissons-nous si plaintive elle crie :
Je suis en proie aux traîtres, aux méchants.
Et, contre vous, si des tyrans perfides
Se sont ligués pour notre oppression,
Pour déjouer leurs complots parricides:
    Formons la chaîne d'union. *(Bis)*.

Oh ! puissions-nous te voir, ô noble France !
Reconquérir ta puissance et tes droits !
Arrive enfin ce jour d'indépendance
Où tu n'auras pour liens que tes lois.
Que l'avenir à cet espoir propice,
Te trouve encore la grande nation !
Mais voulons-nous que ce vœu s'accomplisse,
    Formons la chaîne d'union. *(Bis)*.

LE FRANC-MAÇON.

—

Air : *Mon pays avant tout.*

Vous le savez dans le monde profane,
Combien sur nous régnent de préjugés,
Mais du mépris où l'erreur nous condamne
Nos actions nous ont assez vengés. (*Bis*).
Quand contre nous s'arme la calomnie,
Nous défions le plus léger soupçon :
À l'examen sans crainte offrir sa vie,
Voilà toujours quel est le franc-Maçon,
Oui, voilà quel est le franc Maçon. (*Bis*).

Avec orgueil, ici je le proclame
De franc-Maçon le titre est glorieux.
De l'ignorant, du sot qui nous diffame
Son éclat pur en vain frappe les yeux.
Sans nul écho, toutes leurs impostures
Ne font sur nous que l'effet d'un vain son :
Par des bienfaits nous couvrons leurs injures ;
Voilà toujours quel est le Franc-maçon,
Oui voilà quel est le Franc-Maçon. (*Bis*).

Notre devise, à nous, de tous les âges,
C'est haine au vice, honneur à la vertu,
Pour elle aussi de nombreux témoignages
Disent combien nous avons combattu.
Chez nous encore, on dit à la misère
Loin de glaner prends ta part de moisson ;
Tout honnête homme en nous trouve un bon frère.
Voilà toujours quel est le Franc-Maçon
Oui, voilà quel est le Franc-Maçon. (*Bis*).

Et nous voit-on demeurer en arrière,
Autour de nous qnand tout marche au progrès ?
Avec ardeur entrés dans la carrière,
Nous travaillons à hâter le succès.
Humanité, de tes fervents apôtres
Nous adoptons la sublime leçon :
Les *intéréts* de *tous avant* les *nôtres*,
Voilà toujours quel est le Franc-Maçon
Oui, voilà quel est le Franc-Maçon (*Bis*).

Dans notre temple, où l'égalité règne,
La liberté relevant ses autels,
Des oppresseurs la haine nous enseigne,
Et leur produit des ennemis mortels.
Des nations qu'en esclaves on traite,
De notre sang nous paierons la rançon,
Car tout est peuple en nous, cœur, bras et tête,

Voilà toujours quel est le Franc-Maçon
Oui, voilà quel est le Franc-Maçon. *(Bis)*.

Et c'est ainsi, que nous bravons l'outrage,
Et répondons aux cris calomnieux :
En poursuivant, malgré tout, notre ouvrage
Nous ferons taire un jour les envieux.
De triompher nous avons l'assurance,
Car dans nos cœurs vibrent à l'unisson :
Patrie, Honneur, Liberté, Bienfaisance!
Voilà toujours quel est le Franc-Maçon
Oui, voilà quel est le Franc-Maçon *(Bis)*.

1834, 24 Mai.   J∴ C∴

CANTIQUE MAÇONNIQUE.

DU F∴ A∴ C∴ DE LA L∴ DES ARTS ET DU COMMERCE, O∴ DU MANS,

Chanté à la Fête Solsticiale a'Été 5846.

Le Testament Maçonnique.

Air : *Sa Majesté n'a plus sa tête.*

Frères, pour payer mon tribut,
Je voulais chanter un cantique,
En vain pour atteindre ce but,
Je cherche un sujet maçonnique.
Un voisin dit : *Égalité,*
Ou bien, *Foi;* c'est plus poétique ;
Je penchais pour *Fraternité ;*
Mais enfin le plus entêté
Veut mon testament maçonnique (*Bis*).

Mais, Frères, vous n'y pensez pas,
Mon testament ? moi plein de vie,
Vous me condamnez au trépas,
Attendez donc la maladie.
Eh bien ! soit, vous avez raison :
Saisi d'une peur diabolique,

Un Maçon prudent fait, dit-on,
Pour passer la barque à Caron,
Fait son testament maçonnique. (*Bis*).

Je lègue aux maîtres mon cordon,
Aux apprentis d'ardeur extrême
Mon tablier de Franc-Maçon,
Du travail mystique emblème ;
A vous tous, amis généreux,
Dont l'amitié sincère, unique,
Me fit passer des jours heureux,
Je donne mon cœur et mes vœux
Par mon testament maçonnique. (*Bis*).

A vous, bons frères de Sablé,
De l'amitié fervens apôtres,
A vous la main que vous touchez,
Qui fant de fois pressa les vôtres.
Ah ! gardez vous bien de briser
Des deux sœurs la chaîne mystique
Qui doit à jamais nous lier,
Et ce vœu sera le dernier
De mon testament maçonnique. (*Bis*)

Amis, j'avais fait ces couplets ;
Mais attendez, Parque ennemie,
J'avais oublié la Patrie ;
Ah ! c'est indigne d'un Maçon,
Enterrez-moi sous vos barriques,

En trinquant tous à l'unisson
Frappez de réprobation
Ce testament peu maçonnique. *(Bis)*.

O Patrie ! peut-on t'oublier,
Oublier cette mère chérie,
A tes fils, au jour du danger,
Que ta voix plaintive s'écrie :
Enfants ! debout, il faut marcher ;
Soudain, par un essor magique,
Ils se lèveront pour te venger
Des insultes de l'étranger,
C'est mon testament maçonnique. *(Bis)*.

Pour nous il est un nom plus beau,
Plus grand, plus large que Patrie :
L'*Humanité !* ah, son flambeau
De l'homme éteint la guerre impie :
Puissent sur ce vaste horizon
Foulant des préjugés antiques,
Les peuples sans division
Former la chaîne d'union,
C'est mon testament maçonnique. *(Bis)*.

CANTIQUE MAÇONNIQUE

PAR LE MÊME

Chanté à la Fête Solsticiale d'Hiver 5846.

—

L'UNION.

Air : *De la Treille de Sincérité.*

Espérance,
Persévérance,
Maçons dévoués, unissez-vous,
Marchez, l'avenir est à vous. *(Bis)*.

Unissez-vous, ce mot magique,
Donne aux maçons force et grandeur,
C'est la devise maçonnique,
Gravez-la bien tous dans vos cœurs, *(Bis)*.
D'union, d'amour la loi si belle
Est un devoir sacré pour tous,
Vos efforts sont nuls sans elle,
Unissez-vous, unissez-vous.
        Espérance, etc.

Le temps sous des amas de ruines
Ensevelit les préjugés,
Poussez le progrès qui chemine

Sur des chemins par vous tracés :
Et déployant votre bannière (*Bis*).
Pour démasquer les intrigants,
Portez partout votre lumière
Sur les embûches des méchants. (*Bis*)
      Espérance, etc.

Unissons-nous, si notre France,
Trahie, vendue à l'étranger,
Poussait le cri de délivrance
Des peuples qu'on veut opprimer. (*Bis*).
Alerte au premier cri d'alarme
Pour défendre les droits de tous,
Maçons, citoyens vite aux armes,
Unissons-nous, unissons-nous. (*Bis*).
      Espérance, etc.

Naguère, d'un peuple héroïque,
Les tristes débris épars
Gardaient comme sainte relique
Ce nom qui fit trembler le czar. (*Bis*).
Mais le tyran dans sa furie,
Effaçant ces restes sanglants,
Va donner du nom de Russie
A ces débris encore fumants.
      Espérance, etc.

Unissons-nous quand la misère
Honteuse hélas ! se cache en vain,

N'attendons pas sa prière,
Hâtons-nous car elle a faim. (*Bis*).
De chacun l'obole légère
Circule grossissant toujours,
Et passe aux mains de la misère
Portant un généreux secours. (*Bis*).
  Espérance, etc.

Maçons que ce banquet convie,
Dont les mains bâtirent ces murs,
Ah! méprisez la calomnie,
Laissez, laissez tomber l'injure. (*Bis*).
Resserrant le lien qui nous lie,
Frères visiteurs, frères du Mans,
De rester unis pour la vie
Faisons ici tous le serment. (*Bis*).
  Espérance, etc.

LE SECRET DE LA MAÇONNERIE.

—

Air : *Sa Majesté n'a plus sa tête.*

Mes frères sans être indiscret,
Je veux de l'ordre Maçonnique
Vous dire aujourd'hui le secret ;
De l'avoir trouvé je me pique :
Honnête homme, bon citoyen,
Vivre sans haine et sans envie ;
Ami sûr, du malheur soutien,
Pour [le bien, faire seul le bien,
N'est-ce pas la Maçonnerie ? (*Bis*).

Elle est toute dans ces trois mots :
Bien penser, bien dire et bien faire ;
Préceptes saints, qu'en nos travaux
A suivre nous devons nous plaire.
Penser qu'il nous faut accomplir
Chacun sa tâche dans la vie,
Et de bonnes œuvres remplir
Son cours qui soudain peut finir,
N'est-ce pas la Maçonnerie ? (*Bis*).

Apôtres de l'Humanité,
Aller partout d'un pas agile,
Prêcher l'entière Égalité
Que proclame notre évangile.
Crier : Peuples unissez-vous
Pour renverser la tyrannie.
Voilà notre but... Suivez-nous,
La Liberté vous attend tous
N'est-ce pas la Maçonnerie ? *(Bis)*.

Aux droits que l'homme tient de Dieu,
Quand des grands s'attaquent les haines,
Livrant sa tête pour enjeu,
S'armer du fer qui rompt les chaînes ;
Ou mieux... quand du glaive indompté
Sommeille la juste furie,
Instruire tous à la clarté,
Du flambeau de la vérité.
N'est-ce pas la Maçonnerie ? *(Bis)*.

Oh ! surtout jamais n'oublier
De s'entr'aider la loi si belle ;
Chercher à se fortifier
D'une assistance mutuelle ;
Aux misères tendre la main,
Leur ouvrir une âme attendrie,
Au malheureux qui dit : j'ai faim,

Donner la moitié de son pain ;
N'est-ce-pas la Maçonnerie ? *(Bis)*.

Enfin dans un banquet joyeux
L'heure sonne aimable convive,
Apporter chacun dans ces lieux
Une amitié sincère et vive.
Au sein d'une franche gaité,
Boire au bonheur de la Patrie,
A la Gloire, à la Liberté,
A la douce Fraternité ;
N'est-ce pas la Maçonnerie ? *(Bis)*.

1836, 24 *décembre.*   J∴ C∴

CANTIQUE.

Air : *Déguisez-vous.*

Cœurs généreux et charitables,
Vous qui de chérir vos semblables
Vous faites un devoir bien doux,
    Entrez chez nous :   (*Bis.*)
Fiers favoris de la richesse,
Si vos frères, dans la détresse,
Réclament en vain vos bienfaits,
    Ici n'entrez jamais.   (*Bis.*)

Vous qui, méprisant une offense,
Étouffez en vous la vengeance
Et calmez un juste courroux,
    Entrez chez nous :   (*Bis.*)
Mais vous qui, poursuivant un frère,
Assouvissez votre colère
Par le plus affreux des forfaits!
    Ici n'entrez jamais.   (*Bis.*)

Mortels dont l'âme peu commune,
Se retrempe par l'infortune,

Et du destin brave les coups,
    Entrez chez nous :   *(Bis.)*
Vous qu'un faible revers accable,
Pour qui le jour n'est supportable
Qu'au sein des plus brillans succès,
    Ici n'entrez jamais.   *(Bis.)*

Vous qui, d'une origine illustre,
En augmentez encore le lustre
Par des travaux dignes de vous,
    Entrez chez nous :   *(Bis.)*
Vous chez qui le nom, la naissance,
Semblent des titres d'insolence,
Et qui nous croyez vos sujets,
    Ici n'entrez jamais.   *(Bis.)*

Vous qui pour servir la Patrie
Donneriez cent fois votre vie,
Et feriez encore des jaloux,
    Entrez chez nous :   *(Bis.)*
Vous, dont l'âme basse et cupide
Croirait un ennemi perfide
Et seconderait ses projets,
    Ici n'entrez jamais.   *(Bis.)*

CANTIQUE.

Air : *C'est l'amour, l'amour, l'amour.*

Chers amis, rions, chantons,
    La vie
  Est sitôt finie !
Que le bruit de nos canons
Se mêle à nos chansons.

A sillonner la mer profonde,
Un fou mettant tout son bonheur,
Va se geler au bout du monde
Ou se rôtir sous l'équateur.....
  Mais si la mort lui crie :
  Halte-là ! ne cours plus,
  Il donne à sa patrie
  Des regrets superflus.
Chers amis, rions, chantons.
    La vie
  Est sitôt finie !
Que le bruit de nos canons
Se mêle à nos chansons.

Des enfants chéris de Bellone,
Ah ! n'envions pas les succès ;
Car trop fragile est la couronne
Qui récompense leurs hauts-faits :
  La noire calomnie
  Suit les pas du guerrier.

Les serpents de l'envie
S'enlacent au laurier.
Chers amis, rions, chantons,
La vie
Est sitôt finie!
Que le bruit de nos canons
Se mêle à nos chansons.

Souvent un sot que rien ne lasse,
Qu'on humilie impunément,
En rampant arrive à la place
Où devait siéger le talent!...
Il a des équipages,
Il obtient du crédit,
Et reçoit les hommages
Qu'on rend... à son habit.
Chers amis, rions, chantons,
La vie
Est sitôt finie!
Que le bruit de nos canons
Se mêle à nos chansons.

Au temps de l'ardente jeunesse
Qui dure, hélas! si peu de jours,
Celui-là suit avec ivresse
L'essaim perfide des amours :
Du bonheur qu'il éprouve
Il chante les appas ;
Mais bien souvent il trouve...
Ce qu'il ne cherchait pas.
Chers amis, rions, chantons,

La vie
Est sitôt finie !
Que le bruit de nos CANONS.
Se mêle à nos chansons.

Cet autre, tout plein d'arrogance,
Nous dit sans cesse avec hauteur
Qu'il a reçu de la naissance
Et les vertus et la grandeur ;
De sa race brillante
Il dément le destin ;
Les vertus qu'il nous vante
Ne sont... qu'en parchemin
Chers amis, rions, chantons,
La vie
Est sitôt finie !
Que le bruit de nos CANONS
Se mêle à nos chansons.

Jamais un monde si frivole,
Frères, n'a pu nous asservir,
Du plaisir il offre l'idole,
Mais on cherche en vain le plaisir ;
Sans efforts et sans peines
Ce monde est oublié,
Nous n'aimons que les chaines
Qü'impose l'amitié,
Puis en chœur nous répétons :
La vie
Est sitôt finie !
Que le bruit de nos CANONS
Se mê'e à nos chansons.

CANTIQUE

—

Air : *Du Dieu des bonnes gens.*

Qu'ai-je entendu ! quels transports unanimes
Ont éveillé les échos de ces lieux ?
Chacun de nous en ces moments sublimes
Voit le bonheur briller en tous les yeux !...
Toi qui d'un mot as créé la Lumière,
Laisse un regard tomber sur tes enfants,
Étends sur nous une main tutélaire
   Et souris à nos chants. (*Bis.*)

Fantômes vains que la folie adore,
Plaisirs trompeurs que la foule poursuit,
Vous ressemblez au léger météore
Qui brille et meurt dans le sein de la nuit...
Fuyez d'ici, prestiges du Vulgaire,
De votre éclat nous sommes peu jaloux ;
La vertu seule a le droit de nous plaire
   Et de régner sur nous. (*Bis.*)

Loin des erreurs qui gouvernent le monde,
Le sage en vain chérit l'obscurité ;
On trouble aussi sa retraite profonde,
On lui ravit sa douce liberté...
De noirs complots innocente victime,

Sur son destin nous pleurons avec lui...
Du malheureux que l'injustice opprime
      Le Maçon est l'appui.   *(Bis.)*

Dans les périls, si la patrie en larmes,
Sous ses drapeaux appelle les guerriers,
Le vrai Maçon, méprisant les alarmes,
A l'ACACIA court unir les Lauriers ;
Le front couvert d'une noble poussière,
Son fer sanglant dévore les soldats ;
Mais dans leurs rangs qu'il aperçoive un frère...
      Il vole entre ses bras.   *(Bis.)*

De nos autels toi qui veux la ruine,
En vain ta rage atteint et détruit tout,
Du monde entier dût crouler la machine,
Sur ses débris tu nous verrais debout !!!
Oui, l'ACACIA bravera la tempête :
Autour de lui quand tout vole en éclats,
Pour un instant il peut courber sa tête ;
      Mais il ne rompra pas.   *(Bis).*

Quoi ! sous ses coups l'affreuse calomnie
Verrait tomber l'asile des vertus !
Par les méchants l'Humanité bannie
Ne pousserait que des cris superflus !...
Ah ! si jamais un injuste puissance
Portait sur nous ses coupables fureurs,
Du FEU-SACRÉ que la divine essence
      Reste au fond de nos cœurs.   *(Bis)*

SOYONS MAÇONS.

—

Air du vaudeville des *Frères de lait* ou *Il est un Dieu, devant lui je m'incline* (BÉRANGER.)

D'être Maçons, nous qui nous faisons gloire,
Pour soutenir un titre si fameux,
Ayons toujours présents à la mémoire
Le but sublime où tendent tous nos vœux.
Pour soulever le voile allégorique
Dont est couvert le sens de nos leçons,
Dans l'univers pour les voir en pratique,
Soyons Maçons, frères soyons Maçons !

Ce but si noble où notre cœur aspire,
Un jour sera le prix de nos efforts ;
Mais pour nous seuls, du bien qu'il doit produire
Ne gardons pas tous les vastes trésors.
Peuples venez d'un fond inépuisable
Prendre avec nous votre part aux moissons ;
Se rendre utile est seul plaisir durable ;
Soyons Maçons, frères soyons Maçons !

Mais quel est donc cet important problème,
Pour l'avenir gros de félicité ?
De tous nos soins quelle est la fin suprême ?
De tous les biens le seul *la Liberté* !
A sa recherche et sur la terre entière
Pour la fixer, avez zèle agissons,
La main à l'œuvre enfants de la lumière ;
Soyons Maçons, frères soyons Maçons !

L'homme est né libre... Oh! vous avez beau faire
De vos sujets, rois enchaînez les bras,
Rivez leurs fers... Mais, semblable au tonnerre
Le peuple gronde et vous êtes à bas.
Oui, chaque instant vient de leur délivrance
Porter l'espoir au cœur des Nations :
Oh ! pour hâter le jour d'indépendance,
Soyons Maçons, frères soyons Maçons !

Sur les débris des empires qui tombent,
De leurs abus minés plus que les ans,
Naisse un état, où jamais ne succombent
Les lois, les mœurs, du bonheur seul garants.
Protégeons-le, si contre lui la haine
Ligue les rois, nous, serrés, renforçons
De l'union l'indissoluble chaîne ;
Soyons Maçons, frères soyons Maçons !

Qu'avec ardeur chacun prenne sa tâche ;
Juste est la cause et sûr est le succès ;
Au travail tous, qui déserte est un lâche,
On peut mourir, mais reculer jamais.
Humanité, qu'en nos âmes tu vibres !
De l'avenir que nous ensemençons
Peuple chantez, gloire à qui vous fit libres ;
Soyons Maçons, frères soyons Maçons !

1835, 26 *décembre.*   J∴ C∴

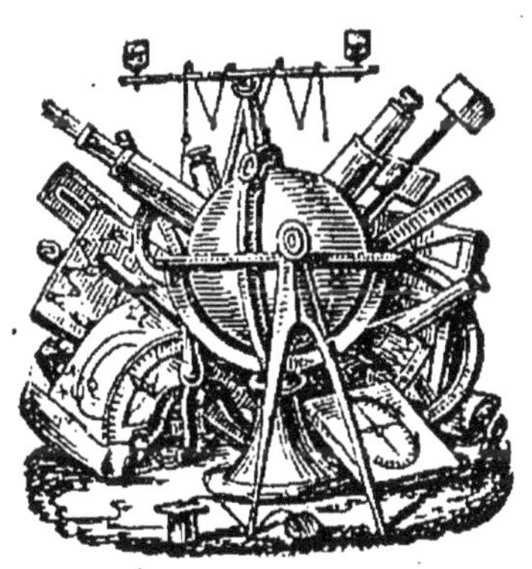

Cantique pour les Maçons.

L'indulgence est la vertu favorite des Maçons, et le talent d'un frère, quelque faible qu'il soit à des droits sûrs à cet égard.

Par nos chants, célébrons, mes frères,
L'aménité de nos mystères,
   Il est midi. (*Bis*).
Si le profane nous écoute,
D'abord, pour le mettre en déroute ;

REFRAIN :

Qu'il soit minuit,
Qu'il soit minuit.

Lorsque pour les travaux du temple,
Un coup de Maillet nous rassemble,
   Il est midi. (*Bis*.
Un seul mot, chez nous en usage,
Indique la fin de l'ouvrage ;
   Il est minuit,
   Il est minuit.

Notre origine est respectable,
Ne la chargeons d'aucune fable,
C'est une nuit. (*Bis*).
La raison murmure et s'afflige,
Lorsqu'on masque par le prestige
Le jour qui luit,
Le jour qui luit.

La vertu n'est point un problême,
N'y jetons par aucun emblême,
La moindre. (*Bis*). nuit
Tout homme a droit de la connaître,
Le Maçon seul la fait paraître
En plein midi,
En plein midi.

Servir son pays, chérir son frère
Profanes, sans ce caractère,
Il est minnit. (*Bis*).
Joignez-y pour l'Être-Suprême,
Le culte d'un cœur pur qui l'aime
Il est midi,
Il est midi.

Amitié, charme de la vie,
Ailleurs serais-tu mieux servie
Qu'en ce réduit ? (*Bis*).

Des titres, la froide chimère,
Ici le cède au nom de frère,
    Qui nous unit,
    Qui nous unit.

Secourons-les, ce terme est vaste
Mais, pour le bien faire et sans faste,
    Qu'il soit minuit. (*Bis*).
Un Bienfait pur veut du silence,
Le cri de la reconnaissance
    Sonne minuit,
    Sonne minuit.

Entre nous, si quelqu'un fait brèche
Aux bonnes mœurs, qu'on se dépêche
    De faire nuit. (*Bis*).
Toujours à la vertu sublime,
Aux traits qui sont dignes d'estime
    Qu'il soit midi,
    Qu'il soit midi.

Beau sexe qu'une loi sévère,
Écarte de ce sanctuaire,
    Il est minuit. (*Bis*).
Te temps viendra pour votre éloge
A notre cœur, c'est votre horloge,
    Il est midi,
    Il est midi.

Amour, ton flambeau se renverse
Dans la liqueur que Bacchus verse
En plein midi. (*Bis*).
Bientôt, par les soins de Morphée,
Ta gloire sera décédée ;
Mais à minuit,
Mais à minuit.

Seconde moi, charmante troupe,
Et ne quittons plus notre coupe,
Jusqu'à minuit. (*Bis*).
Des nœuds d'un tissu agréable,
Doivent se resserrer à table
Il est midi,
Il est midi.

CHANSONS

—

Le bon Curé de Souvignac.

Air : *Puisque chacun à son idole.*

Les bons curés, les douces femmes,
Sont de rares présents des cieux ;
Les grands esprits, les simples âmes
Habitent peu dans ces bas lieux.
Mais Dieu, par une grâce insigne,
Non loin du duché d'Armagnac,
A choisi, pour bénir la vigne,
Le bon curé de Souvignac.

Son grand dogme est la tolérance ;
Aucuns pécheurs ne sont maudits ;
Dans un doux rayon d'espérance
Il montre à tous le paradis ;
Simple de ton et de démarche,
Au pauvre ouvrant vîte son sac,
Il est beau comme un patriarche
Ce bon curé de Souvignac.

Sous le toit de son humble cure
Il reçoit de gais pèlerins.
Et sans être enfant d'Épicure,
Il permet les joyeux refrains,
Sa prévenance hospitalière
Offre calumet et tabac ;
Car il a l'humeur familière
Ce bon curé de Souvignac.

L'Église dès notre naissance,
Asseoit sur nous menus impôts ;
La mine d'or c'est l'ignorance,
Et l'on y fouille à tout propos.
Mais sur l'autel faire la banque
Répugne à ce fils d'Isaac ;
Voilà pourquoi le luxe manque
Chez le curé de Souvignac.

Laissant à César son royaume,
Au culte il borne son pouvoir ;
Il fuit la cour, mais sous le chaume
L'orphelin est sûr de le voir.
Quand d'autres adroits compères
Ont recours aux coups de Jarnac,
On ne cite que faits sincères
Du bon curé de Souvignac.

Il n'a pas renié sa mère
En se faisant prêtre romain ;
Il ne traite pas de chimère
Le progrès de l'esprit humain ;
Il aime la philosophie
Et sait respecter Condillac ;
A la science il se confie
Le bon curé de Souvignac.

Le Vatican, le Capitole
Ne changent point son *Oremus*,
Et sa voix douce qui console
Ne dit jamais *non possumus*.
Sous le froc il est sans rancune,
Tel qu'il fut jadis sous le frac.
Qu'il fut d'espèce peu commune
Le bon curé de Souvignac !

Instruit des droits de la nature
Comme des devoirs d'un chrétien,
De la plus humble créature
Il se fait l'indulgent soutien.
Mais, vrai fils du siècle, il rabaisse
Tous les marquis Pourceaugnac ;
Car vertu vaut mieux que noblesse
Pour le curé de Souvignac.

Il ne scrute pas l'âme humaine
Par delà l'ombre du tombeau,
Et conduit jusqu'au noir domaine
Le pécheur parti sans flambeau :
« Juge éternel, sois-lui propice,
« Qu'il ait nom Voltaire ou Balzac,
« Je lui dois un dernier office. »
Dit le curé de Souvignac.

Le prêtre imbu de l'Évangile,
Le franc-maçon au rit divin,
A la même coupe d'argile
Peuvent boire le même vin.
Au chevet du même malade,
Près de l'homme au pauvre bissac,
Nous donnerions tous l'accolade
Au bon curé de Souvignac.

Béranger au Paradis.

—

Air : *L'Académie était dans ma maison.*

Jeunes amis qui me plaignez peut-être,
Vous que l'on vit longtemps pleurer ma mort,
Dieu m'a permis un instant de renaître
Pour vous conter, là-haut, quel est mon sort.
Prêtres et rois, lorsque j'étais sur terre,
Ont fulminé contre mes chants maudits ;
Eh bien ! pourtant, à côté de Dieu père,
Grâce à mes vers, je siége en Paradis.

Moi qui connais les plus secrets mystères,
Étant élu juge au divin conseil,
Je sais le fond de ses vertus austères
Qu'on fait briller et reluire au soleil.
Comme autrefois, sans prendre avis de Rome,
Plus que jamais, aujourd'hui je vous dis :
Un point suffit, c'est de vivre honnête homme,
C'est le chemin qui mène au Paradis.

Il est permis quel que soit l'anathème
Dont nous menace un censeur peu chrétien,
Il est permis par Jésus-Christ lui-même
De s'épancher en un doux entretien.
O fils d'Adam, filles d'Ève la blonde,
Tant que vos cœurs ne sont pas refroidis,
N'oubliez pas qu'il faut peupler le monde
C'est le chemin qui mène en Paradis.

Bientôt, je crois, aux bulles canoniques
Vont succéder les droits de là raison.
Les riens bénis et lès vaines reliques,
Pieux tributs ne sont plus de saison.
A rien ne sert d'avoir figure jaune
En s'abstenant de chair les vendredis,
Faites plutôt bonne et discrète aumône,
C'est le chemin qui mène au paradis.

Naguère on vit s'agiter près des urnes
Où chacun fait acte de citoyen,
Glissant dans l'ombre en vrais hiboux nocturnes,
Bien des félons rusant par tout moyen.
Pour un peu d'or ils trahiraient l'empire,
Ils vendraient Dieu pour trois maravédis.
J'en sais plus d'un qui mendie ou conspire
Près du chemin qui mène en Paradis.

Soyez jaloux de la gloire française,
Efforcez-vous d'augmenter ce trésor ;
Parfois la guerre est l'ardente fournaise
Le seul creuset ou doit s'épurer l'or.
C'est un symbole, exempt d'idolâtrie,
Que ce drapeau déroulant ses longs plis ;
Sachez donc tous mourir pour la patrie,
C'est le chemin qui mène au Paradis.

Si le devoir commande d'être braves,
La Liberté réclame aussi ses droits ;
Armez vos bras pour les peuples esclaves
Et non jamais pour le profit des rois.
Un glas lointain a frappé mes oreilles,
Un peuple meurt sous des soldats bandits.
L'Europe attend de vous d'autres merveilles,
C'est le chemin qui mène en Paradis.

Du czar vaincu sous vos rudes attaques,
Si je vois fuir au fond de leurs déserts,
Pâles d'effroi, ces féroces cosaques,
Qu'on abrutit au régime des serfs.
Aux cieux encore, moi, chansonnier des gloires
Je chanterai devant Dieu vos victoires,
Pour qu'il vous ouvre aussi son Paradis.

|LES DEUX MAÇONS.

—

Air : *Au fond d'un monastère.*

L'APPRENTI

Frère, on nous injurie ; un roi de cour suprème,
Un vieillard qui devait prêcher la Liberté,
S'irrite et contre nous a lancé l'anathème,
En haine de nos lois et de la Liberté.

> Vengeons, vengeons, mon Frère,
> Ces injustes rigueurs ;
> Que de toute la terre
> Se lèvent des vengeurs.

LE MAÎTRE.

Frère, des insensés pardonnons la démence,
Plaignons-les, jamais ne les injurions ;
Restons calmes et forts de notre conscience,
Et de nos ennemis tout le mal oublions.

> Mon Frère la vengeance
> N'entre pas dans nos mœurs.
> L'esprit de tolérance
> La bannit de nos cœurs.

L'APP.·.

Mais, Frère contre nous on excite nos femmes ;
On sème dans leur cœur le trouble et la terreur ;

Nous sommes appelés mécréants, *loups*, infâmes ;
Au monde signalés comme un objet d'horreur.
      Vengeons, etc.

LE M.'.

Que peuvent contre nous ces sentences funèbres,
Ces foudres, un vain bruit d'un peu d'air agité ?
Éclairons du flambeau ces épaisses ténèbres :
Le fantôme fuira comme l'obscurité.
      Mon frère la vengeance
      N'entre pas dans nos mœurs.
      L'esprit de tolérance
      La bannit de nos cœurs.

L'APP.'.

Mais c'est au nom d'un Dieu, l'Architecte du monde,
D'un Dieu de vérité, de clémence et d'amour,
Qu'un prêtre d'une verve en injures féconde
Ose nous condamner à l'infernal séjour.
      Vengeons, etc.

LE M.'.

Frère n'oublions pas ce précepte sublime,
Et ne nous empressons jamais de condamner.
Dieu l'a dit par la voix d'une sainte victime :
Septante fois, sept fois nous devons pardonner.
      Mon frère la vengeance, etc.

L'APP.'.

Frère, la loi de Dieu là-bas est méconnue,
Rome de Loyola subit la main de fer ;

A l'abri des canons de la France ingénue,
Satan contre nous à déchaîné son enfer.

Vengeons, vengeons mon Frère
Ces injustes rigueurs.
Que de toute la terre
Se lèvent des vengeurs !!!

LE M∴.

Frère, laissons passer ces foudres d'un autre âge ;
Gardons de nos aïeux la noble dignité.
Aux hommes imprudents qui suscitent l'orage,
Montrons nos fronts sereins, *notre Fraternité.*

Mon Frère la vengeance, etc.

LES DEUX MAÇONS.

Ensemble proclamons de la Maçonnerie
Les principes d'amour, de paix, de charité.
Au pontife romain quand il nous injurie,
Opposons notre foi : *Dieu l'Immortalité* !!!

Au nom de tous les cultes,
Tous les hommes aimons !
Oublions les insultes,
Nous sommes *Francs-Maçons* !!!

Par le F∴ A∴ GROUT, R∴ †∴ or∴ de la resp∴
loge la BIENFAISANTE, or∴ de Saint-Malo.

Imp. Beauvais.